连绵起伏
在
拥挤的
人世间

Ups & Downs
in the Crowded
World

祺白石 [著]

长江出版传媒
长江文艺出版社

山下

如果 星星 失眠 了

躲雨	03		赞美悲剧	23
被子城堡	04		特别的第二天	24
寂寞的消息时代	07		星星失眠	27
像山	08		漫无目的地	28
吹不走的风	11		垃圾	31
梦里梦外	12		不做生活的奴隶	32
明早再说	15		厚衣服	35
躺平的日子	16		拥有自己	36
建议	19		痒	39
没血了	20		梦境小偷	40

学没学到	43	瘦弱女孩	63
活着的繁星	44	最黑的影子	64
别高兴太早	47	白日梦杀手	67
看开	48	长高的房子	68
夕阳可乐	51	路灯下重生	71
坟	52	岁月咸腊肉	72
就要活着	55	野狗武士	75
影子世界	56	优势	76
老妈的世界	59	牙缝里的时间	79
听歌识情绪	60		

山中做一场醒不来的梦

咸鱼一生	82	瞳孔地震	101
礼貌	85	别不明不白地死去	102
造房子	86	难题	105
羊	89	我是杀不死的	106
爱的火车	90	爱才不会在荒野发芽	109
看不出端倪	93	以后的以后	110
汤	94	祝你好梦	113
只可回忆	97	搁浅	114
见海	98	枯叶	117

欣慰	118	白云季节	137
冷得不想上班	121	雅俗怎么共赏	138
刮风	122	上岸	141
雕塑	125	说不出话的伤口	142
妈妈也是少女	126	圈子	145
反emo小狗	129	梦想实现的方式	146
炒痛苦价	130		
花	133		
相遇灵魂	134		

山顶

我 扔出 的 石头 会变成 小鸟

自由的石头	*150*	火上浇油	*177*
根本吻不到	*153*	礼物	*178*
体面	*154*	春天与你	*181*
童年迟到的沙包	*157*	情书	*182*
骨气	*158*	游玩的爱	*185*
别忘记我	*161*	躲雨	*186*
再次长胖	*162*	抚摸自己	*189*
想飞的树	*165*	火苗	*190*
突然察觉	*166*	发热	*193*
种伞	*169*	童年计划	*194*
照照看	*170*	诗里的海	*197*
心态诗人	*173*	去看看插座什么样	*198*
老钻石	*174*	转身	*201*

别忘了看它	202	梦想	229
解释	205	如果你多爱我一点	230
我与镜子	206	自拍	233
闭嘴	209	童年烟花	234
再见与相逢	210	挣扎	237
合理	213	不甘	238
躲藏的羊	214	人类情感	241
海	217	回家	242
信仰	218	结局	245
月亮头发	221	爱恨歌	246
我的发现	222	早点睡觉	249
孤独感	225	我的一生	250
爱情博士	226		

山下　　　　　　　　　　　　　如果星星失眠了

我把镜子顶在头上,雨水以为他们要落向另一片天空。

躲雨

我把镜子顶在头上
雨水以为他们要落向
另一片天空

被子城堡

我躲在被子里,
这是坚固的城堡,
而它却压在我身上。

我躲在
被子里,
这是坚固的
城堡。
而它却压
在我身上。

寂寞的消息时代

我了解当代年轻人的寂寞,
点开所有软件,
关掉所有软件,
没有消息,没有了解。

像山

我遇到了
五岁的自己
他小小的个子,
回头向我跑了过来
抓住我的手说:
"请继续努力吧。"
我摸摸他的头说:
"请继续长大吧,
你会变成一座山脉,
连绵起伏在这拥挤
的人世间。"

我遇到了

五岁的自己，
他小小的个子，
回头向我跑了过来
抓住我的手说：
"请继续努力喵"
我摸摸他的头说：
"请继续长大吧，
你会变成一座山脉，
连绵起伏在这拥挤
的人世间。"

大街上的风是赶路的灵魂,被风吹乱头发也不要去咒骂,那是风抽空摸了摸你的头,只因你的灵魂不随波逐流。

吹不走的风

大街上的风是赶路的灵魂,
被风吹乱头发也不要去咒骂,
那是风抽空摸了摸你的头,
只因你的灵魂不
随波逐流。

梦里梦外

我们都做过梦,

只是梦里没有彼此,

我们都拥有过彼此,

只是那时我以为是在做梦。

我要去拯救世界了。如果明早太阳照常升起,那就是我成功了。如果没有,那就是阴天。

明早再说

我要去
拯救世界了。
如果明早太阳照常升起,
那就是我成功了。
如果没有,
那就是阴天。

躺平的日子

我走在阳光明媚的路上,

大摇大摆,

因为不用上班,

影子也跟着跳舞,

因为没有房贷,

笑了整整一上午。

建议

一

别再读让人犯困的诗,
别再爱让人犯蠢的人。

没血了

蚊子
在悄悄吸我血,
可吸了半天才发现,
我早就被
吸干了。
"躯壳罢了。"
蚊子默默骂道,
便飞走了。

蚊子
在悄悄吸我血，
可吸了半天才发现，
我早就被
吸干了。
"躯壳罢了。"
蚊子默默骂道，
便飞走了。

一个姑娘问我，什么是诗，我再三考虑，告诉她只要把生活活成悲剧，再用笔去赞美它。

赞美悲剧

一个姑娘问我,
什么是诗。
我再三考虑,
告诉她,
只要把生活活成悲剧,
再用笔去赞美它。

特别的第二天

他听的小众音乐,

第二天上了抖音热榜,

他爱吃的苍蝇小馆,

第二天全国连锁了一万家。

他爱的县城女孩,

第二天出国留学再没回来。

他觉得那些特别都已烟消云散,

可那些特别一直都在,

错就错在他认为特别

只属于他。

他听的小众音乐，
第二天上了抖音热榜。
他爱吃的苍蝇小馆
第二天全国连锁了一万家。
他爱的县城女孩，
第二天出国留学再没回来。
他觉得那些特别，
都已烟消云散，
可那些特别一直都在，
错就错在他认为特别
只属于他。

如果星星失眠了,会去数人类吗。

星星失眠

如果星星失眠了,
会去数人类吗?

漫无目的地

我最害怕去坐飞机,
不是怕它爆炸坠落,
而是怕它突然变成一只鸟。

我最害怕去坐飞机，不是怕它爆炸坠落，而是怕它突然变成一只鸟。

垃圾桶是我最好的老师,那天我不小心掉进垃圾桶,它大叫我不是一个垃圾,我才恍然大悟。

垃圾

垃圾桶是我最好的老师,
那天我不小心掉进垃圾桶,
它大叫我不是一个垃圾,
我才恍然大悟。

不做生活的奴隶

我没有目的地生活,
不是为了有一天找到目的,
而是享受没有目的,
那生活才是我的仆人。

我没有目的
地生活,不是为
了有一天找到
目的,而是享受
没有目的,那生
活才是我的仆人。

春天来了，我也慢慢和厚衣服告别，它们挥着袖子向我喊道："等下一个冬天，我还会拥抱你，希望你会变胖，我会抱得更紧。"

厚衣服

春天来了,
我也慢慢和厚衣服告别,
它们挥着袖子向我喊道:
"等下一个冬天,
我还会拥抱你,
希望你会变胖,
我会抱得更紧。"

拥有自己

当我们真的拥有黑夜时,

伸手抱紧的,

却依旧是清晰明亮的自己。

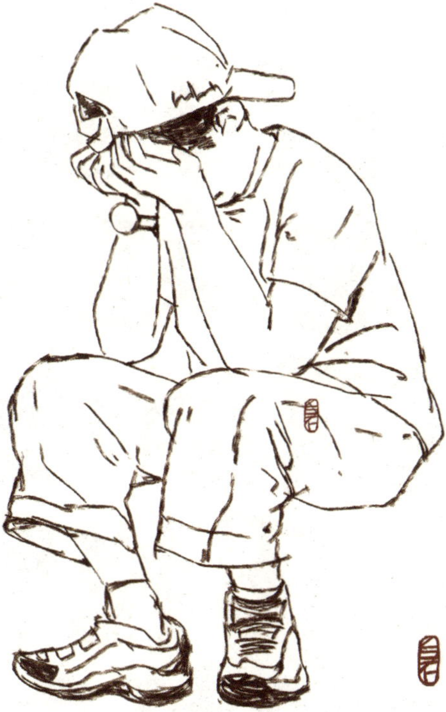

当代爱情是蚊子咬的包，短暂瘙痒的快感后，用指甲在上面打个叉。

痒

当代爱情是蚊子咬的包,
短暂搔痒的快感后,
用指甲在上面打个叉。

梦境小偷

夜里的梦不属于我,
它还偷走了我的夜晚,
我便熬夜失眠,
在每个清晨睡去,
中了它的计,
这次被偷走了整个清晨。

夜里的梦不属于我,它还偷走了我的夜晚,我便熬夜失眠在每个清晨睡去,中了它的计,这次被偷走了数个清晨。

42

学没学到

我们总问别人学到了什么,
其实他的回答是他没学到什么,
所以不如问他没学到什么,
那么就是他一定具备的东西。

活着的繁星

我还活着不是吗，
人生万岁，妈妈万岁。
也许我是一座不灭的废墟，
但我的天赋是对自己足够深情，
像长眠在梦里的烛光，
依旧唱着跑调的情歌。
如果生活不能让我重建，
我就把我的骨髓和血液献给光，
让满天繁星以为
我是坠落在人间的那一颗。

我还活着不是吗.
人生万岁,妈妈万岁.
也许我是一座不灭的废墟,
但我的天赋是对自己足够
深情.像长眠在梦里的
烛光依旧唱着跑调的情歌.
如果生活不能让我重建,
我就把我的骨骼和血液
献给光,让满天繁星
以为我是坠落在人间的那一颗.

我家地震，
房子倒了，
树木没倒，
树木们又欠吟雀跃，
被人砍了盖成房。

别高兴太早

我家地震,
房子倒了,
树没倒,
树们欢呼雀跃,
被人砍了盖成房。

看开

世间万物都不再重要,
我像一个孩子又是一位老者,
我了解万物却不据为己有。

49

夕阳是可乐的话，那摇一摇就会喷出黑色泡沫般的彩虹,喝下去会打出无限好的嗝。

夕阳可乐

夕阳是可乐的话,

那摇一摇就会喷出黑色的泡沫般的彩虹,

喝下去会打出无限好的嗝。

坟

想躺着一动不动,
小虫慢慢爬上我,
远方的小鸟在鼻头歇脚,
种子在鼻孔里发芽,
也许躺平,
便是极好的坟。

想身躺着一动不动，
小虫小曼小曼爬上来，
远方的小鸟在鼻头歇脚，
种子在鼻孔里发芽，
也许躺平，
便是极好的坟。

54

就要活着

昨晚做梦说梦话,
和房间里的鬼魂聊了许久,
他说看我活那么累,
问我什么时候解脱,
什么时候死。
我说等你这鬼做梦的时候。

影子世界

我的影子有一天消失了,
我急忙到处寻找,
才发现是世界没了光,
影子变成了世界。

我的影子有一天消失了．我急忙到处寻找，才发现是世界没了光，影子变成了世界。

大日晚上禁止做又缺爱又伤心的鬼。你是你老妈亲自构造的王廷文闲世界。

老妈的世界

大晚上禁止做缺爱又伤心的鬼。
你是你老妈亲自构造的斑斓世界。

听歌识情绪

我平常听歌会代入感情,
可有时刚一悲伤,
下一首就是欢乐的歌,
所以总是令我喜怒无常,
我便学会了一到欢乐就循环播放。

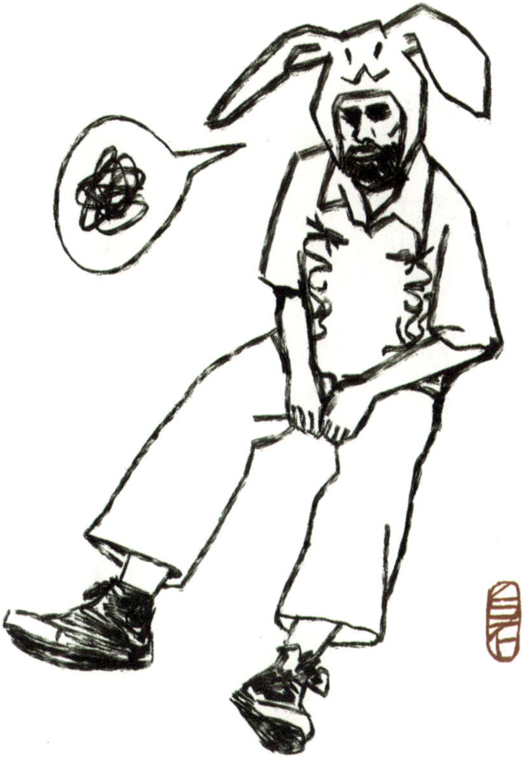

2022. 1. 7.

瘦弱女孩

这个女孩
身材瘦弱,
像一张纸,
那天她累了,
揉成了一个
纸团。

最黑的影子

如果我的生活没法变成一把刀,
割下我思想里长出的翅膀,
我就会从心底里感到高兴,
等我飞在天上把太阳挡住,
就在地上留下最黑的影子。

如果我的生活没法变成一把刀，割下我思想里长出的翅膀，我就会从心底里感到高兴，等我飞在天上把太阳挡住，就在地上留下最黑的影子。

不专做白日
梦怎么会梦
想成真年轻
不敢享受生
活陨石第二天
就在你头顶降落

白日梦杀手

不去做白日梦,

怎么会梦想成真,

年轻不敢享受生活,

陨石第二天就在你头顶降落。

长高的房子

小时候的我爱玩沙子砖头,
在家门口造了一个个小房子。
后来我长大了,个子变高了,
小房子也一同长大,
变成了高楼大厦,
里面住满了人,
唯独没有我。

小时候的我爱玩沙子砖头,在家门口造了一个个小房子后来我长大了个子变高了,小房子也一同长大变成了高楼大厦,里面住满了人,唯独没有我。

夜晚我站在暗处,就像是邪恶的鬼,可走到路灯下,又像是获得重生,反反复复人鬼不分。

路灯下重生

夜晚我站在暗处,
就像是邪恶的鬼,
可走到路灯下,
又像是获得重生,
反反复复,人鬼不分。

岁月咸腊肉

三岁的我爱嗦自己的手指,
味道是年轻的肉体,
今天嗦了嗦,
只有咸味。
原来是岁月已经把我风干,
做成了咸腊肉。

三岁的我爱嗦自己的手指，味道是年轻的肉体。今天嗦了嗦只有咸味，原来是岁月己经把我风干，做成了咸腊肉。

我会像个武士一样流浪,也会像一条野狗歌唱。

野狗武士

我会像个武士一样流浪,
也会像一条野狗歌唱。

优势

我假装是儿童。
只是把糖换成了奶茶,
不再怕大灰狼怕脱发,
不期待长高只求别变肥。
可是说真的,
论和我妈撒娇,
我真不输幼儿园那些
说都不会话的三岁小孩。

我假装是儿童，
只是把糖换成了奶茶，
不再怕大灰狼怕脱发，
不期待长高只求别变肥，
可是说真的，
论和我妈撒娇，
我真不输幼儿园那些
说都不会话的三岁小孩。

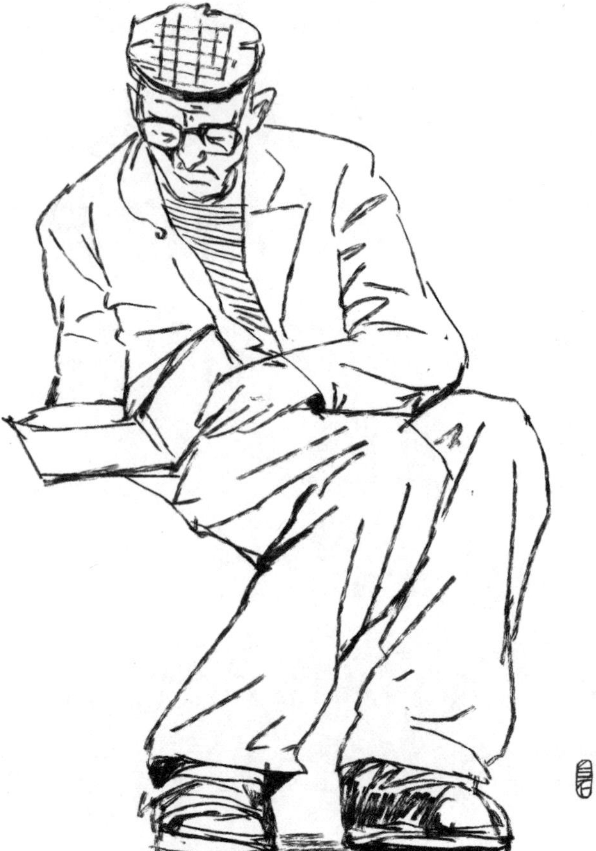

牙缝里的时间

我问爷爷,
牙怎么没了。
爷爷说因为岁月会从牙缝里溜走,
那时间走得很快,
匆忙地就挤掉了几颗,
没了牙就只能喝粥,
时间也许才会
变得黏稠。

山中　　　　　　　　　　　　做一场醒不来的梦

咸鱼一生

咸鱼罐头
是可以买到的海,
那里有水, 有鱼,
海水也很咸,
只可惜打开它却
死气沉沉
风平浪静。

咸鱼罐头是可以买到的海。那里有水,有鱼,海水也很咸。只可惜打开它却死气沉沉,风平浪静。

2021.12.27. Leon.

礼貌

早啊,
我对着街边的老鼠说道,
老鼠点头冲我笑笑,
同为社会最底层,
这是最基本的礼貌,
愿你我各自安好。

造房子

今天我要造一座房子
就在远处的山顶上
用少女的睫毛做屋檐
房子就是她饱含热泪的眼睛
用少年杯中热烈的酒做瀑布
让房子旁不缺情绪的经久不衰
最后用老人的皱纹做扫把
扫走岁月对房子的侵蚀
让翻山越岭的爱人
与我高唱害羞的生命之歌

今天我要造一座房子
就在远处的山顶上，
用少女的睫毛做屋檐
房子就是她饱含热泪的眼睛
用少年杯中热烈的酒做瀑布，
让房子爱不缺情绪的经久不衰
最后用老人的皱纹做扫把，
扫走岁月对房子的侵蚀，
让翻山越岭的爱人，
与我高唱害羞的生命之歌。

那只羊

那么温顺,那么听话,
只是埋着头在草原上吃草,
可是草原起了火,
它却跑不了,
因为外面的白羊说,
你跑了就会饿死,
你跑了狼会把你吃掉。
为了你的健康,
乖乖身尚好。

羊

那只羊
那么温顺,那么听话,
只是埋着头在草原上吃草,
可是草原起了火,
它却跑不了。
因为外面的白羊说,
你跑了就会饿死,
你跑了狼会把你吃掉。
为了你的健康,
乖乖躺好。

爱的火车

有一天,
我把愿望写在卡片上,
睡前压在枕头下,
写的是世间平等充满爱。
半夜卡片变成一列蒸汽火车,
从枕头下飞驰而出,
径直撞向我的睡梦和脑袋,
记住我是为爱而死,
记住我是被愿望伤害。

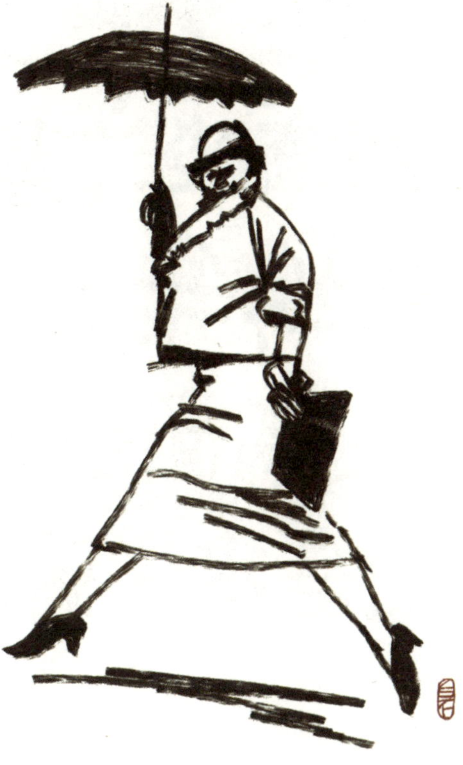

如果你想离开我，那就等下暴雨那天告诉我，这样我泪流满面的话，对面也是水流满面的你。

看不出端倪

如果你想离开我,
那就等下暴雨那天告诉我,
这样我泪流满面的话,
对面也是水流满面的你。

汤

我有一碗汤,
我把白色的青春倒了进去,
又倒了点红色的愤怒,
最后把紫色的梦想和
绿色的憧憬也倒了进去。
我以为汤会变得五彩斑斓,
可搅了搅却变成了黑色。

我有一石宛汤，
我把白色的青春倒了进去，
又倒了点红色的愤怒，
最后把紫色的梦想和
绿色的憧憬也倒了进去，
我以为汤会变得五彩斑斓，
可搅了搅却变成了黑色。

回忆总是带我回到那里,但最终都是我自己偷偷溜走,因为在回忆里没法和任何人说再见。

只可回忆

回忆总是带我回到那里,
但最终都是我自己偷偷溜走,
因为在回忆里,
没法和任何人说再见。

见海

我没见过大海,
大海也没见过我。
也许我就是大海,
只是你没见过我。

我没见过大海,大海也没见过我。也许我就是大海只是你没见过我。

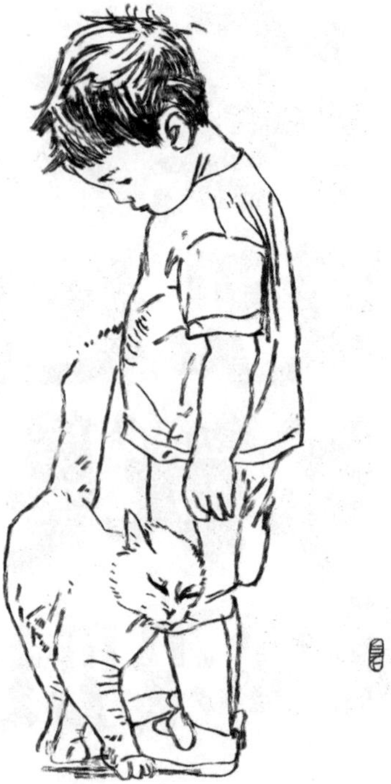

瞳孔地震

人的身体会发生多次地震,
因为母亲的眼角就有几条明显的裂痕,
父亲头顶上一根根房屋倒塌令他变成了秃头。
而我的第一次地震出现在我的瞳孔,
只因谈笑间目睹了世间的波澜,
我以为我平静且从容,
而今看来那是地震来临的征兆,
这第一场地震不会让我白发苍苍长满皱纹,
只是让儿时摆在心里的积木城堡轰然倒塌,
然后留我在这废墟里用一生摸爬滚打。

别不明不白地死去

我在想这一生的归宿是什么
是享受那些无法回避的痛苦
还是忍受洪水猛兽般的平庸
是爱与被爱之间且歌且行
还是买车买房大口喘息
若你也好奇
就用尽这一生去寻找答案吧
别不明不白地死去
因为那个答案正来到你身边
别不明不白地死去
因为聪明如我都没把事情搞清

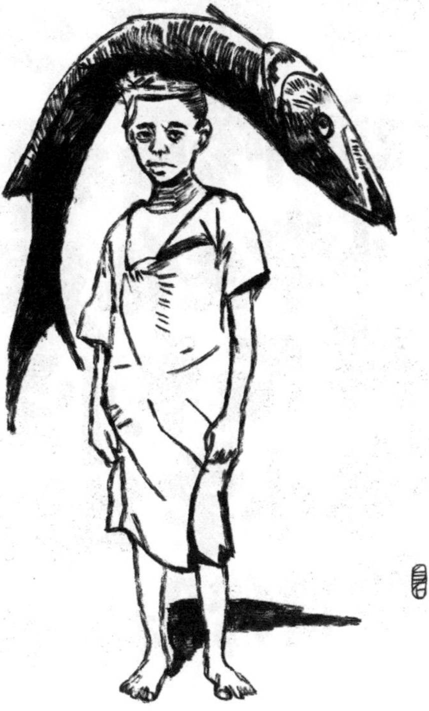

修马桶的师傅话很多。他说修马桶就像小学生做题一样简单。怪不得我小学做数学题像修马桶一样难。

难题

修马桶的师傅话很多,
他说修马桶就像小学生做题一样简单,
怪不得我小学做数学题像修马桶一样难。

我是杀不死的

那些想杀死我的,

是迷茫的目标,

是飘渺的当下,

是空瘪的口袋,

是每个日夜的翻来覆去

可是我是杀不死的,

在我出生的第一天,

护士就惊呼我是一颗出膛的子弹,

打伤了命运的左脸,

打死了绝望的每个瞬间。

那些想杀死我的,
是迷茫的目标,是飘渺
的当下,是空瘪的口袋,
是每个日夜的翻来覆去。
可是我是杀不死的,
在我出生的第一天,护士
就惊呼我是一颗出膛
的子弹,打伤了命运的左脸,
打死了绝望的每个瞬间。

我把爱藏进了荒野，
人们找遍了荒草和风沙，
却忘记了那粗糙的泥土，
在那里我偷偷埋下了爱，
等着来年冰雪消融化。
就能长出那些被你扔
进垃圾桶的野花，
原来是不值一提的爱情，
和自我感动的救赎。

爱才不会在荒野发芽

我把爱藏进了荒野,
人们找遍了荒草和风沙,
却忘记了那粗糙的泥土,
在那里我偷偷埋下了爱,
等着来年冰雪融化,
就能长出那些被你
扔进垃圾桶的野花,
原来是不值一提的爱情,
和自我感动的救赎。

以后的以后

我们貌似总觉得事情可以拖到以后,
错过和一个眼睛好看的人对视,
会安慰自己以后还会遇到更多眼睛。
错过一家看着不错的饭店,
会说等以后路过一定来吃,
诗和远方的念头,
也被我们推到了以后,
可是明明现在是十年前的以后,
我们却像十年前一样,期望着以后。

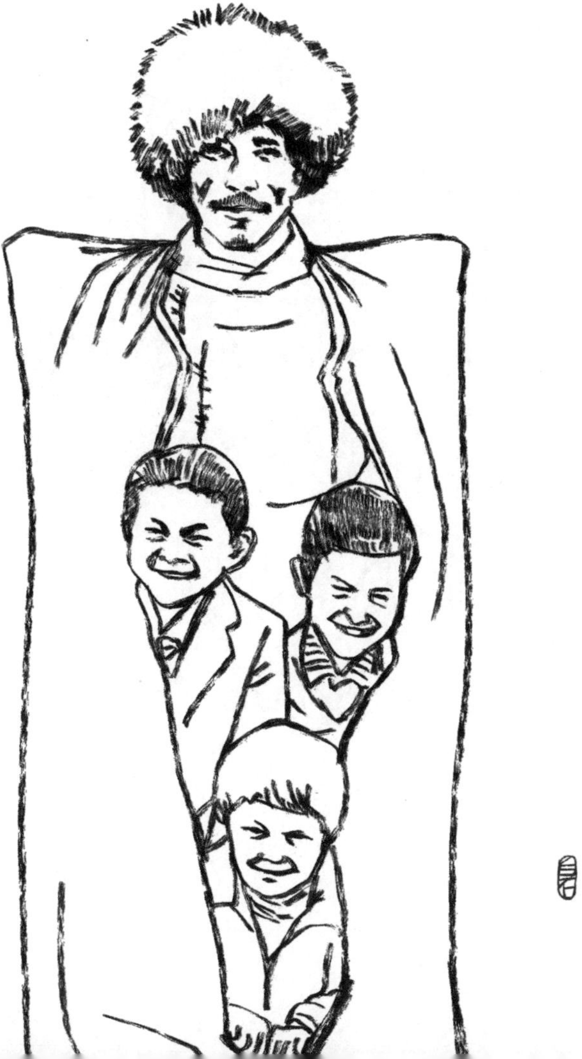

做一场醒不来的梦，
不用上班不用赚钱，
饿了就在梦里吃，
困了就在梦里睡，
死了就在梦里土里葬，
反正是做梦，
没人会批评一个做梦的人。

祝你好梦

做一场醒不来的梦,
不用上班不用赚钱,
饿了就在梦里吃,
困了就在梦里睡,
死了就在梦里埋葬,
反正是做梦,
没人会批评一个做梦的人。

搁浅

我看着日子一天天过去,
我的青春像一只跳出水面的巨大鲸鱼,
用力地一跃,
砸在平庸的土地慢慢窒息,
我却没有力气推它回到海里。

我看着日子一天天过去，我的青春像一只跳出水面的巨大鲸鱼，用力的一跃，砸在平庸的土地慢慢窒息，我却没有力气推它回到海里

秋的枯叶
被人踩的
阵阵清脆
那便是它唱
给秋的挽歌

枯叶

秋天的枯叶被人踩得阵阵清脆,
那便是它唱给秋天的挽歌。

欣慰

我在冬夜里看见烈火,
我在酷暑里看见雪崩。
我欣慰。

我在冬夜里
看见烈火
我在酷暑里
看见雪崩。
我欣慰。

饿死啦
人类为什么
不可以在被
窝里冬眠

冷得不想上班

烦死啦,

人类为什么不可以在被窝里冬眠。

刮风

风吹着我的头皮,
是在寻找什么,
翻得乱七八糟,
我说别找了,
风便停了。

风吹着我的头皮,是在寻找什么,番那得乱七八糟,我说别找了,风便停了。

周佳塑也会痛苦，在大雨中它也会泪流满面。

雕塑

雕塑也会痛苦,

在大雨中它也会泪流满面。

妈妈也是少女

我想偷偷回到过去,
和少女时的母亲成为好友,
瞅瞅她的孩子气和少女心,
摸摸她稚嫩的手和黑头发。
等缓过神来我妈在指着我鼻子骂,
这便是我听着最安心的话

我想偷偷回到过去，和少女时的母亲成为好友，日夜瞅她的孩子气和少女心，摸摸她稚嫩的手和黑头发。等缓过神来我妈在指着我鼻子骂，这便是我听着最安心的话。

前段日子，
像小狗一样emo，
这种比喻可真怂。
那么前段日子，
像小狗一样，
哎，
这么讲就好多了。

反emo小狗

前段日子,
像小狗一样emo,
这种比喻可真丢人。
那么前段日子,
像小狗一样,
哎,
这么讲就好多了。

炒痛苦价

回家路上的墙贴满了,
租房卖房,
我便也写下出租痛苦四个大字贴在墙上,
晚上有人打来电话说想租一天我的痛苦,
可第二天他却说找到更好的了。
原来那面墙已经贴满了别人写的出租痛苦,
那些人的痛苦我一看,
又痛又苦,价还便宜,
和我比简直物美价廉,
尽管那人没有租我的,
但是我貌似已经没什么痛苦了。

回家路上的墙贴满了,
租房卖房.
我便也写下出租痛苦四个大字
贴在墙上.
当晚上有人打来电话说想租一天
我的痛苦。
可第二天他却说找到更好的了,
原来是那面墙已经贴满了
别人写的出租痛苦,
那些人的痛苦我一看,
又痛又苦,价还便宜,
和我比真是物美价廉,
尽管那人没有租我的,
但是我貌似已经没什么痛苦了。

想买束花给你，一朵是湖泊里波澜的反光，一朵是夏日隐隐约约的蝉鸣，一朵是教室窗外朦胧的宁静，最后一朵是冬夜里冒着热气的月亮，送给在城市里总是愣在原地的你。

花

想买束花给你,

一朵是湖泊里波澜的反光,

一朵是夏日隐隐约约的蝉鸣,

一朵是教室窗外朦胧的宁静,

最后一朵是冬夜里冒着热气的月亮,

送给在城市里总是愣在原地的你。

相遇灵魂

止于肉体的沉沦,
找到热烈的灵魂。
遇风吹风,
遇海听海。

止于肉体的沉沦，找到热烈的灵魂

遇风吹风

遇海听海。

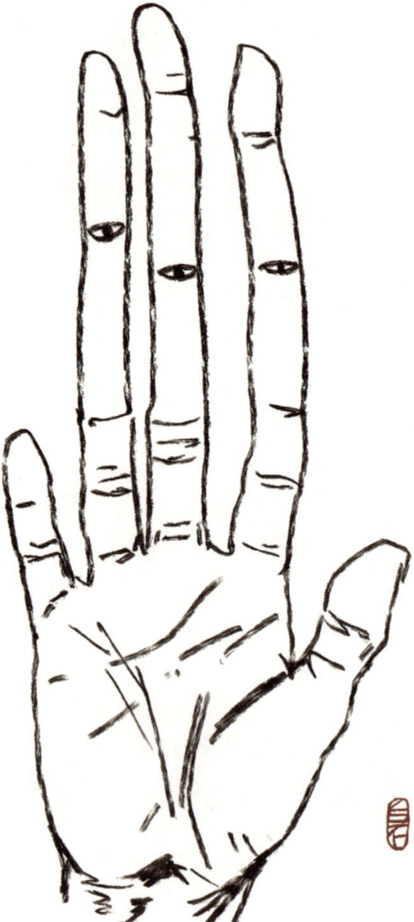

白云季节

麦子
从天上长了出来
满地飘着白云。
我看着正入迷,
天上就落下了阵阵小麦。
脚下的云被浇灌得
哗哗作响。
原来是白云丰收的季节。
这下你看清了吧。

雅俗怎么共赏

当大卫雕塑出现在农村,
被淳朴的村民用来晒干被褥。
当马粪出现在美术馆,
人们凑近合影拍照,还会偷偷触摸。

当大卫雕塑出现在农村，被纯朴的村民用来晒干被褥。当马粪出现在美术馆，人们凑近合影拍照，还怕偏偏角去摸。

该上岸了,
带着你那该死
的情绪往上爬!
该下海了,
变成一抹夕阳
无限沉沦。

上岸

该上岸了,
带着你那该死的情绪往上爬!
该下海了,
变成一抹夕阳无限沉沦。

说不出话的伤口

我的伤口流了血,
我用舌头舔了舔,
结果舌头它晕血,
让我半天说不出话,
便忘了伤口还在滴着血。

我的伤口流了血，
我用舌头舔了舔，
结果舌头它晕血，
让我半天ㄦ说不出话，
便忘了伤口还在滴
着血。

白粥里的白色肉虫，像我一样近视，误以为大米是同类，却因硬壳的圈子丢了命，变成一碗倒掉的粥料。

圈子

白粥
里的白色肉虫,
像我一样近视,
误以为大米是同类,
却因硬融的圈子丧了命,
变成一碗倒掉的粥。

梦想实现的方式

我被龙卷风吸了进去,
看见许久未见的老友也被卷在空中,
感谢龙卷风让我们相遇,
记得他小时候梦想是当飞行员,
祝贺他圆了梦。

我被龙卷风吸了进去，看见许久未见的老友也被卷在空中，感谢龙卷风让我们相遇，记得他小时候梦想是当飞行员，祝贺他圆了梦。

山顶　　　　　　　　　　　　我扔出的石头会变成小鸟

自由的石头

我扔出的石头
会变成小鸟,
轻轻挥动翅膀,
在空中盘旋一周,
悄悄落在你头顶。

我扔出的石头，
会变成小鸟，
轻轻扇动翅膀，
在空中盘旋一周，
悄悄落在你头顶。

我只记得夕阳是柔软的，像少女的双唇，轻轻吻了我，想吻回去她却落了山。

根本吻不到

我只记得夕阳是柔软的,
像少女的双唇,
轻轻吻了我,
想吻回去她却落了山。

体面

我死的时候
秋天的花会重新绽开,
月光会洒满整条河流,
我会向你挥挥手,
走入这皎洁月光。

我死的时候
秋天的花会重
新绽开，月光
会洒满整条
河流，我会向
你挥挥手，走入
这皎洁月光

小学时玩扔沙包,明明向我飞来的沙包消失了,等我如今回望童年,那颗沙包才重重砸在我的胸膛、

童年迟到的沙包

小学时玩扔沙包,
明明向我飞来的沙包消失了,
等我如今回望童年,
那颗沙包才重重砸在我的胸膛。

骨气

我看着天,
想着自己没什么钱,
天空下起了雨,
我对天说,
抱歉,再穷我也不
和你一起哭。

我看着天，
想着自己没什么钱，
天空下起了雨，
我对天说，
抱歉，再穷我也不
和你一起哭。

在这里,我写下
一张松软的沙发,
和温暖的篝火
路过的你可以停
下来休息会,我们一起
品尝一杯甜酒,记得
拿一块火烤红薯在路上
吃,切记走的时候添
点柴别让篝火熄灭,
天日渐寒,别忘记 我.

别忘记我

在这里,
我写下一张松软的沙发和温暖的篝火,
路过的你可以停下来休息会,
我们一起品尝一杯甜酒,
记得拿一块烤红薯在路上吃,
切记走的时候添点柴,
别让篝火熄灭,
天日渐寒,别忘记我。

再次长胖

我又长胖了,
我痛骂脂肪,
脂肪难过得像个孩子,
又叫来几个难过的孩子。

163

树对我说，
它想飞，
我把它做成木飞机，
可依旧飞不起来。
树说不惜代价，
我便点燃了它。
我杀了树，
树化为了灰，
漂在空中，自由平仄
没人在乎。

想飞的树

树对我说,

它想飞,

我把它做成木飞机,

可依旧飞不起来,

树说不惜代价,

我便点燃了它,

我杀了树,

树化为了灰,

飘在空中,自由平凡

没人在乎。

突然察觉

洗澡会
让自己像
一条站着的
鱼。

洗澡会让自己像一条站着的鱼。

鉴别明天会不会下雨,只需要在土地上种一把伞,明早打开窗往下看,下雨的话就会长满伞。

种伞

鉴别明天会不会下雨,
只需要在地上种一把伞,
明早打开窗往下看,
下雨的话就会长满伞。

照照看

地铁上的人们都在低头看手机,
我在想,如果把他们的手机换成一面镜子,
那他们就会看见自己有多沮丧。

171

我心态好的不得了。虽然日子似乎永无止境，但我打算和全世界的丁达尔效应私奔，和野蛮的冬天在火炉边缠绵。你问我明天要去哪儿，我要去猎户星座上放风筝，去鲜红的花蕊里写上帝都全文背诵的诗。

心态诗人

我心态好得不得了,
虽然日子似乎永无止境,
但我打算和全世界的丁达尔效应私奔,
和野蛮的冬天在火炉边缠绵。
你问我明天要去哪儿,
我要去猎户星座上放风筝,
去鲜红的花瓣里写
上帝都全文背诵的诗。

老钻石

我开始感到苍老,
我的腿变得蹒跚,
眼神开始模糊。
可我终将变成钻石,
在人群里闪烁着坚硬的光。

我开始感到衰老,我的腿变得蹒跚,眼神开始模糊,可我终将变成钻石,在人群中闪烁着坚石般的光。

生活终将燃起烈火，你一定会被它烫伤，但它不会把你烧死，因为没人为你和生活加油。

火上浇油

生活终将燃起烈火,
你一定会被它烫伤,
但它不会把你烧死,
因为没人为你和生活加油。

礼物

我置身于摇摇晃晃的地铁,

人们嘈杂吵闹你推我搡,

我闭上眼,

幻想自己是父亲口袋里给孩子的生日礼物,

也许这样就会有人担心我要被挤扁了吧。

我置身于摇摇晃晃的地铁，
人们嘈杂吵闹你推我搡，
我闭上眼，
幻想自己是父亲口袋里
给孩子的生日礼物，
也许这样就会有人担
心我要被挤扁了吧。

我们一起散步，你说你一闭上眼就再也看不见春天，而我一闭上眼睛就再也看不见春天里的你。

春天与你

我们一起散步
你说你怕闭上眼就再也看不见春天
而我怕闭上眼睛
就再也看不见春天里的你。

情书

在纸上
写几句情话
那纸看了便会爱上你
你把她折叠塞进书本里
她会永远在那里等你。

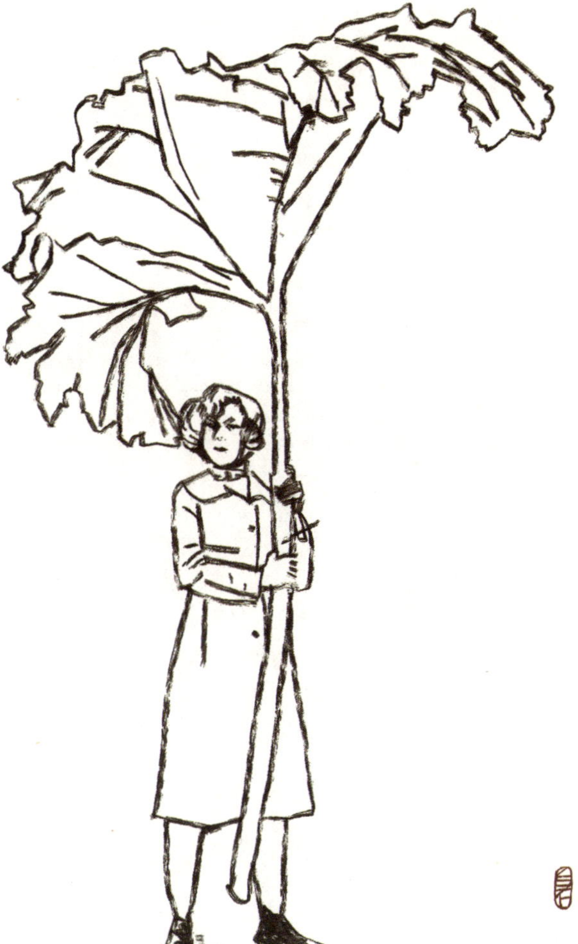

我的爱在游玩，
因为实在热烈，
它变成了太阳。
因为实在清澈，
又变成了白云。
因为飞来飞去，
我的爱又没了踪影。

游玩的爱

我的爱在游玩,
因为实在热烈,
它变成了太阳。
因为实在清澈,
又变成了白云,
因为飞来飞去,
我的爱又没了踪影。

躲雨

我发现每当我从大雨里跑上车,
雨就停了,
好像雨也上了车。

我发现
每当我从大
雨里跑上车,
雨就停了,
好像雨也上
了车。

我抚摸自己时，
会感叹生命的伟大，
因为每一处都有感觉，
每一处都有着不同回应，
他们为了被抚摸，
随时待命。

抚摸自己

我抚摸自己时,
会感叹生命的伟大,
因为每一处都有感觉,
每一处都有着不同回应,
他们为了被抚摸,
随时待命。

火苗

我是蜡烛上的火苗,
不断扭动身子,
因为跳得太丑,
被旁人一口气吹灭,
还没跳完那支舞,
便被结束了一生。

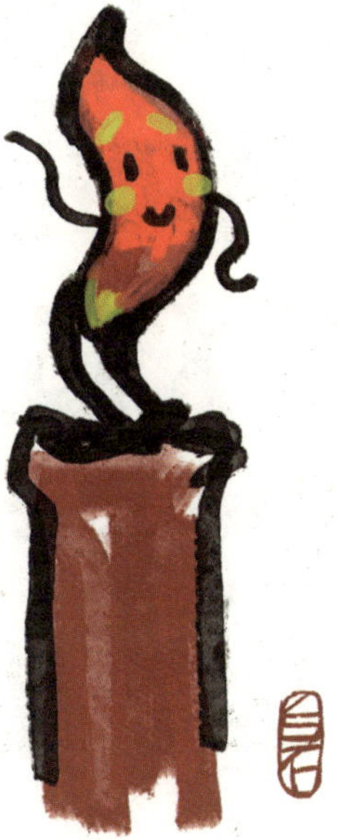

高温下人们骂太阳,我望着太阳,它脸烫烫的像是发烧了,无助又难受,天热不怪它,只是它孤身一个,没朋友去关心它。

发热

高温下人们骂太阳,

我望着太阳,

它脸烫烫的像是发烧了,

无助又难受,

天热不怪它,

只是它孤身一个,

没朋友去关心它。

童年计划

我要折一个大大的纸飞机,

坐在上面飞回童年,

和那些回忆一同冲到太阳上去,

虽然我的青春和纸飞机一样

最终燃烧殆尽,

但我一抬头便能看到那太阳上的童年光芒万丈。

我要折一个大大的纸飞机，坐在上面飞回童年，和那些回忆一同冲到太阳上去。虽然我的青春和纸飞机一样最终燃烧殆尽，但我一抬头便能看到那太阳上的童年光芒万丈。

像我这种诗人,会跳进自己诗里的海游泳,溺毙也不怕,把我的诗拧干烧了便是了。

诗里的海

像我这种诗人,

会跳进自己诗里的海,

溺亡也不怕,

把我的诗拧干烧了便是了。

去看看插座什么样

我爱你的笑容

你不笑我还以为你是个插座

我爱你的笑容,你不笑我还以为你是个插座。

你有多久没为自己的故事热泪盈眶,去做那个即使蓬头垢面,也在夕阳下大笑的主角吧,给这旧剧情来一次史诗级的改写,给回忆的大荧幕来一次帅气的转身。

转身

你有多久没为自己的故事热泪盈眶？
去做那个即使蓬头垢面，也在夕阳下大笑的主角吧，
给这旧剧情来一次史诗级的改写，
给回忆的大荧幕来一次帅气的转身。

别忘了看它

今晚夜很黑,
我抬头找月亮,
找遍漆黑一片的天,
我问月亮去哪了,
它说中秋过后没人再看它,
即便再黑的夜,
大家都有了灯,
可我知道,
曾经只有月亮陪着我回家。

今晚夜很黑，
我抬头找月亮，
找遍漆黑一片的天
我问月亮去哪了，
它说中秋过后
没人再看它，即
便再黑的夜，大
家都有了灯，可
我知道，曾经只
有月亮陪着我回家。

我的手心可以长出花朵,当我愤怒时它便会绽放,所以我握紧拳头,不是要揍你,而是让它停止生长。

解释

我的手心可以长出花朵,
当我愤怒时它便会绽放,
所以我握紧拳头,
不是要揍你,
而是让它停止生长。

我与镜子

前几天我钻进镜子里,
让镜子里的我替我活着,
那个自己出来以后兴高采烈,
大喊自由万岁后便消失在人群,
而今天他突然跑来照镜子,
哭得泪流满面大喊要回去,
我便只好从镜子里钻出来
与这个我互换。
他进去后立刻用头撞碎了镜子,
看来他发现了镜子照不到痛苦,
镜子只会照到光鲜亮丽。
只是平静的人在镜子外,
崩溃的人在镜子里。

前几天我钻进镜子里，
让镜子里的我替我活着，
那个自己出来以后兴高采烈，
大喊自由万岁后便消失在人群，
昨天他突然跑来照镜子，
哭的泪流满面大喊要回去，
我便只好从镜子里钻出来
与这个我互换，
他进去后立刻用头撞碎了镜子，
看来他发现了镜子照不到痛苦，
镜子只会照到光鲜亮丽。
只是平静的人在镜子外，
崩溃的人在镜子里。

在我闭嘴后，
嘴唇才能
相互拥抱。

闭嘴

在我闭嘴后,
嘴唇才能相互拥抱。

再见与相逢

春天再见的人,
再见在春天,
春天相逢的人,
相逢在四季。

211

动物园里的动物看百兽之王在笼子里，便都不再惧怕它，它便幻想自己是条狗，只有被投喂时护护食，也许这样呲牙咧嘴还合理些。

合理

动物园里的动物看着百兽之王在笼子里,
便都不再惧怕它,
它便幻想自己是条狗,
只有被投喂时护护食,
也许这样龇牙咧嘴还合理些。

躲藏的羊

我看着天上的云,
突然从云里,
伸出一颗羊头,
原来是一只怕剪羊毛的羊,
偷偷躲在了天上。

我看着天上的云，
突然从云里，
伸出一颗羊头，
原来是一只怕剪羊毛的羊，
偷偷躲在了天上。

海在所有人的记忆里都是平静的，而我说到它平静时你所想到的却是不平静的海。

海

海在所有人的记忆里都是平静的,

而我说到它平静时,

你所想到的却是不平静的海。

信仰

你相信什么,
什么便是你的信仰,
你相信月亮,
夜晚便长伴信仰。

你相信什么，什么便是你的信仰，你相信月亮夜晚便长伴信仰。

夜里的孩子
不怕黑暗，
因为那只是月亮
散开了头发。

月亮头发

夜里的孩子不怕黑暗
因为那只是月亮散开了头发。

我的发现

妈妈给了我肉体,
爸爸给了我灵魂。
可我一直控制不了我的肉体老去,
也从未触碰到飘浮不定的灵魂。
也许肉体才能见证灵魂的归属,
而那灵魂才能倾听肉体的沉沦。
当肉体没了灵魂我便是一具尸体,
当灵魂没了肉体我便是一个词语。
也许我控制不了肉体老去是因为
灵魂足够自由,
而触碰不到灵魂是因为实在贫穷。

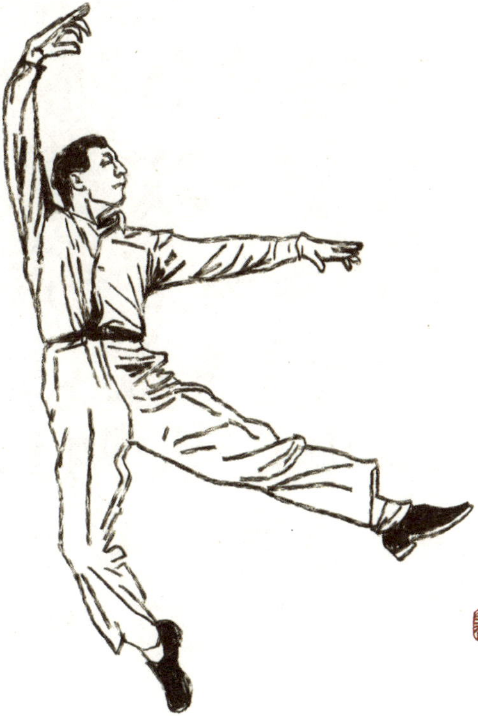

我抱着月亮说了一晚上心里话.它夸我勇敢特别,还有独有的孤独感.我第一次遇到这么懂我的月亮.可清早醒来床上只剩我一个人.太阳透过窗户看着我.我第一次觉得自己愚蠢赤裸又单纯.

孤独感

我抱着月亮说了一晚上心里话
它夸我勇敢特别,还有独有的孤独感
我第一次遇到这么懂我的月亮
可清早醒来床上只剩我一个人
太阳透过窗户看着我
我第一次觉得自己愚蠢赤裸又单纯

爱情博士

和你在一起的时候我就是五岁小孩,
离开你以后,
我直接保送情感学博士。

227

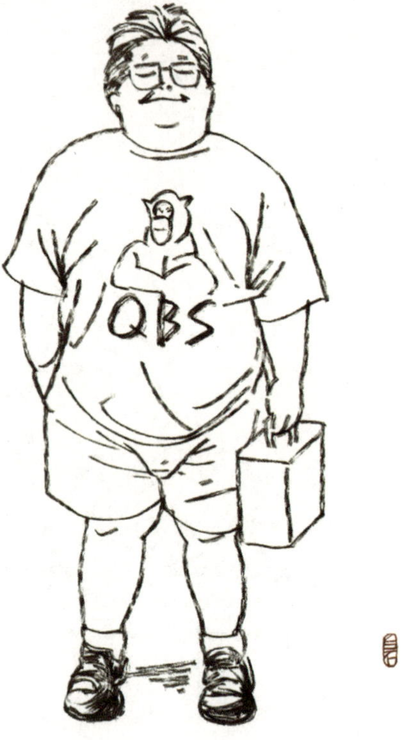
QBS

梦想

梦想就像塞在裤子里的钱
很久之后再穿那条裤子
在口袋发现它会欣喜若狂
可它一直都在等着你
只是你有太多裤子

如果你多爱我一点

如果你多爱我一点
我也会多爱你一点
人类就多了那么一点
地球就多了一点大陆
宇宙就多了一个星球
心脏就多了一条血管
叹息里就多了一寸你

如果你多爱我一点,我也会多爱你一点,人类就多了那么一点,地球就多了一点,大陆宇宙就多了一个星球,心脏就多了一条血管,叹息星就多了一寸byts

前置摄像头

是一个倒霉的画家
每画一张画,都
被对面的人之觉丑,
他只是写实派罢了。

自拍

前置摄像头
是一个倒霉的画家
每画一张画
都被对面的人说丑
他只是写实派罢了

童年烟花

童年就像烟花,
有的草草了事原地爆炸,
有的漫天开花众人惊讶
有的是个哑炮默不作声
而我的童年是一挂鞭炮
被我妈揍得噼里啪啦。

童年就像烟花，有的草草了事原地爆炸，有的漫天开花众人惊诧，有的是个哑炮默默不作声，而我的童年是一挂鞭炮被我妈揍得噼里啪啦。

如果我能想象爱情的模样，我会想到一个瘸子，用唯一一条腿去踢毽子。

挣扎

如果我能想象爱情的模样

我会想到一个瘸子

用唯一一条腿去踢毽子。

不甘

他嘴上说着不甘,
却站在海里一动不动,
海水拍打着脸和泪水混在一起,
最终变成了礁石或者孤岛,
你说那海里石头说的话
谁会相信。

他嘴上说着不甘,却站在海里一动不动。海水拍打着脸和泪水混在一起,最终变成了石礁石或者孤岛。你说那海里石头说的话,谁会相信。

人类的情感脆弱的像一包薯片,我买了一包薯片咔嚓咔嚓的嚼着,就知道有多少人在这一刻崩溃,今天下午我走在路上,突然就泪流满面,看来有人正在吃薯片。

人类情感

人类的情感脆弱得像一包薯片,
我买了一包薯片咔嚓咔嚓地嚼着,
就知道有多少人在这一刻崩溃,
今天下午我走在路上,
突然就泪流满面,
看来有人正在吃薯片。

回家

我抱着石头,
从家出发,
等走到双手没劲,
石头砸烂双脚,
我是不是才有资格回家。

我抱着石头，从家出发，等走到双手没劲，石头砸烂双脚，我是不是才有资格回家。

人是否会因为悲伤才觉得生命厚重，像一本厚重的书，但却无法逆转一本书的结局

结局

人是否会因为悲伤才觉得生命厚重,
像一本厚重的书,
但却无法逆转一本书的结局。

爱恨歌

两个人在唱歌,
一个唱我爱你,
一个唱我恨你,
但仔细听听都一样,
爱和恨本就没区别。

两个人在唱歌，
一个唱我爱你，
一个唱我恨你，
但仔细听听都
一样，爱和恨
本就没区别。

不要像一盏灯，因为思念就亮一整夜，明早总会天亮，应该早点睡觉。

早点睡觉

不要像一盏灯,
因为思念就亮一整夜,
明早总会天亮,
应该早点睡觉。

我的一生

我真不敢相信
我的手可以画出月亮
我的眼可以寻见星河
我的心可以融化冰川
我的脚可以踩动地球
我却还不知足
用一生赚那碎银几两

图书在版编目（CIP）数据

连绵起伏在拥挤的人世间 / 祺白石著. -- 武汉：长江文艺出版社，2024.4
ISBN 978-7-5702-3335-9

Ⅰ. ①连… Ⅱ. ①祺… Ⅲ. ①诗集－中国－当代 Ⅳ. ①I227

中国国家版本馆 CIP 数据核字（2023）第 186665 号

连绵起伏在拥挤的人世间
LIAN MIAN QI FU ZAI YONG JI DE REN SHI JIAN

责任编辑：谈 骁	责任校对：毛季慧
装帧设计：张致远	责任印制：邱 莉　王光兴

出版：长江出版传媒　长江文艺出版社
地址：武汉市雄楚大街 268 号　　邮编：430070
发行：长江文艺出版社
http://www.cjlap.com
印刷：湖北恒泰印务有限公司

开本：787 毫米×1092 毫米　1/32	印张：8.125
版次：2024 年 4 月第 1 版	2024 年 4 月第 1 次印刷

定价：58.00 元

版权所有，盗版必究（举报电话：027—87679308　87679310）
（图书出现印装问题，本社负责调换）